www.ingramcontent.com/pod-product-compliance
Lightning Source LLC
LaVergne TN
LVHW050827051026
849532LV00008B/3158
* 9 7 8 9 3 6 9 0 8 2 0 1 8 *

ایک دیس : ایک خون

(ناولٹ)

صالحہ عابد حسین

Aik Des aik khoon
by: Saleha Aabid Hussain
Edition: April '2025
Publisher :
Taemeer Publications LLC (Michigan, USA / Hyderabad, India)

ISBN 978-93-6908-201-8

کتاب	:	**ایک دیس : ایک خون** (ک)
مصنفہ	:	**صالحہ عابد حسین**
صنف	:	ادب اطفال
ناشر	:	تعمیر پبلی کیشنز (حیدرآباد، انڈیا)
سالِ اشاعت	:	۲۰۲۵ء
صفحات	:	۳۸
سرورق ڈیزائن	:	تعمیر ویب ڈیزائن

بہاری لال	(پتا جی)	قصبے نوانگر کے اسکول ماسٹر
انور علی	(ابا جان)	قصبے کے بنک میں کلرک
رام پیاری	(ماتا جی)	بہاری لال کی بیوی
اصغری بیگم	(اماں جی)	انور علی کی بیوی
جتندر		بہاری لال کا بڑا لڑکا۔ عمر ۱۳ سال
ونود		بہاری لال کا چھوٹا لڑکا۔ عمر ۱۲ سال
انوری		انور علی کی بڑی لڑکی۔ عمر ۱۳ سال
گیتی		انور علی کی چھوٹی لڑکی۔ عمر ۱۱ سال

کلو۔ جمن اور کچھ اور لوگ

ایک دیس ایک خون

صالحہ عابد حسین

۱

"آؤ۔ ؤ۔ ں۔ آ۔ ؤ۔ ں" ونود آنکھیں میچے درخت کی طرف منہ کیے آواز لگا رہا تھا۔

"ابھی نائیں — ابھی نائیں"

جتندر، انوری، گیتی، کلو، جمن چھپنے کے لیے جگہ ڈھونڈتے اور کہتے جاتے تھے "ابھی نائیں ابھی نائیں"

"آؤں۔ آؤں۔؟" ونود نے پھر کہا۔ دور سے آوازیں آئیں "ابھی نائیں"

اتنی دیر میں بچے درختوں کے پیچھے، مالی کی جھونپڑی کی آڑ میں، پتھروں کے پیچھے چھپ چکے تھے اور جمن ایک گھنے پیڑ کے پتوں میں چھپا ہوا تھا۔

"آ۔ آ۔ ؤں" کہتے کہتے ونود نے آنکھیں کھول دیں۔ اِدھر دیکھا، اُدھر دیکھا۔ کوئی بھی تو نظر نہیں آرہا۔ اتنے میں نگاہ اوپر اٹھی۔ جمن پتوں میں سے جھانک رہا تھا۔ "ٹھیر تو جا میں آیا" کہہ کر ونود اُدھر لپکا۔ پیچھے سے جتندر اور گیتی کہیں سے نکل کر "دائی" کے پیڑ کی طرف بھاگے، ونود اُدھر لپکا مگر وہ اس سے پہلے ہی دائی کو چھو چھو کر پکار رہے تھے: "دائی۔ دائی"

موقع اچھا دیکھ کر جمن بھی درخت سے دھم سے کودا۔ ذرا دیر ونود میں اور اس میں بھاگم دوڑ ہوتی رہی مگر بھلا جمن ہاتھ آتا؟! لڑکوں کی ٹولی میں اس سے تیز کوئی نہیں دوڑتا تھا۔ ونود ہانپ گیا

اور جمن نے جاکر پیڑ کو چھو لیا۔

"خیر۔ کیا ہوا ابھی تو گیتی باقی ہے۔" ونود نے چاروں طرف نظر ڈالی۔

"کہاں چھپی ہے!" نہر کے پاس کچھ گلابی گلابی نظر آرہا ہے، ضرور وہیں ہوگی۔ اسی پتھر کی آڑ میں جہاں بیٹھ کر وہ دونوں پریوں اور بھوتوں کی کہانیاں ایک دوسرے کو سنایا کرتے ہیں۔ ونود اُدھر لپکا تو دیکھا کہ سامنے سے کلّو میاں چلے آرہے ہیں۔ انگوٹھے بھر کا قد، ننھے ننھے ہاتھ پیر، مگر سمجھتے اپنے کو بڑا پہلوان۔ چور بننے کا بہت شوق تھا مگر کوئی انھیں پکڑتا ہی نہ تھا۔ ونود کے سامنے آکر وہ یوں ٹھم ٹھم کر بھاگنے لگا جیسے کہ رہا ہو: "پکڑ لو نا ہمیں۔"

"ہنھ تجھے پدّے کو کون پکڑے بھلا۔ مینڈکی کو بھی زکام ہوا۔" ونود نے ہنس کر کہا۔ کلّو نے کھسیا کر اس کا منہ چڑایا: "ای۔ ای۔ ای" اور پھر یوں بھاگے جیسے ونود اُسے پکڑنے آہی تو رہا تھا اور پیڑ کو چھوکر زور سے چلّا کے "دائی" کہا۔ سارے بچے کھلکھلا کر ہنس پڑے۔

اتنی مہلت جو پائی تو گیتی چپکے چپکے پتھر کی آڑ سے نکل کر دائی کے پیڑ کی طرف چلی۔ مگر ونود نے دیکھ لیا: "اری ٹھیر تو گیتی کی بچی۔ جاتی کہاں ہے؟" چلچلا کر ونود نے کہا اور اس کی طرف دوڑا۔ اب دونوں میں "ریس" شروع ہوگئی۔ گیتی جھکائی دے دے کر کبھی کسی پیڑ کے گرد گھوم جاتی، کبھی ٹیلے پر چڑھ جاتی، کبھی جھونپڑی کے پیچھے چھپ جاتی۔ بھاگتے بھاگتے دونوں کے منہ لال ہوگئے تھے۔ جوتے جانے کہاں جا پڑے تھے، گیتی کے بال بکھر گئے تھے اور پلّو زمین پر لوٹ رہا تھا۔ ونود کے ماتھے پر پسینے کی بوندیں چمک رہی تھیں: "اوہ۔ یہ گیتی کی بچی کتنی چالاک ہے۔ ہاتھ ہی نہیں آتی!" دوسرے بچے کھڑے دونوں کو للکار رہے تھے: "دیکھ دیکھ گیتی۔ اِدھر سے نہیں۔ اِدھر سے نہیں۔"

"ارے ارے ونود! وہ بھاگی جا رہی ہے۔ پکڑ پکڑ!"

"گیتی۔ گیتی۔ سنبھل کے!"

گیتی جانے کیسے چکما دے کر 'دائی' کے قریب جا پہنچی۔ مگر ونود بھلا اُسے کیسے چھوڑ دیتا۔ اسکول میں 'لمبی چھلانگ' کا پہلا انعام ہمیشہ وہی لیا کرتا تھا۔ ابھی گیتی دائی والے پیڑ سے ایک گز ادھر ہی تھی کہ ونود نے ایک دم لمبی چھلانگ لگائی اور گیتی کا بازو پکڑ لیا۔ "چور، چور، چور!" اور اسی کے ساتھ اور بچوں نے بھی چلاّنا شروع کیا جس میں سب سے اونچی آواز میاں ٹھنگنے کلّو کی تھی: "چور۔ چور۔ چور"۔ اور گیتی نے کھسیا کر کئی مُکّے ونود کی پیٹھ پر مارے "بندر کہیں کا!"

"بلکہ لنگور!" جتندر نے کہا اور سب کے سب ہنس پڑے۔

لیچی، آڑو، خوبانی اور شہتوت کے پھلوں سے لدے ہوئے باغ میں یہ سب جانے کب سے 'دائی دُکاّ' یا آنکھ مچولی کھیل رہے تھے۔ اس کے بیچوں بیچ نہر کی ایک چھوٹی سی شاخ نکالی گئی تھی جس سے اس کا حسن اور بڑھ گیا تھا۔ آسمان پر رنگ رنگ کے بادلوں کے ٹکڑے بھی ایک دوسرے کے پیچھے اسی طرح بھاگ رہے تھے جیسے وہ بھی آنکھ مچولی کھیل رہے ہوں۔ دور کہیں سے مور کی پیہو پیہو سنائی دے رہی تھی۔

جب کھیلتے کھیلتے تھک گئے تو باغ سے پھل توڑنے کی سوجھی: "آؤ جتندر بھیّا ذرا آڑو توڑیں مگر اس ونود کے بچّے کو نہیں دیں گے!" گیتی نے کہا۔

"آؤ!" اور جتندر لپک کر آڑو کے پیڑ پر چڑھ گیا اور اوپر سے چھانٹ چھانٹ کر پکّے پکّے پھل گیتی کی پھیلی جھولی میں ڈالنے لگا۔ جو اِدھر اُدھر گر جاتا اُسے کلّو اور جمّن دوڑ کر اٹھا لیتے اور پھر غپ سے منہ میں ڈال لیتے۔

ونود نے چپکے سے انوری سے کچھ کہا، اس نے سر ہلایا اور مالی کی جھونپڑی کی طرف چلا گیا۔ وہاں مالی کا کتّا شیرا بندھا رہتا تھا۔ یوں

شیرا بڑا سیدھا کتّا تھا مگر جہاں کسی کو پھل چراتے دیکھا پھر نہ پوچھو اس کے غصے کا حال۔

انوری منع کر رہی تھی: "جتندر دیکھو بری بات ہے۔ پتا جی خفا ہوں گے۔ اور گیتی۔ تیری تو آج اماں جی سے ایسی ٹھکائی کراؤں گی کہ یاد رکھے گی"

"ای۔ ای۔ ای" گیتی نے منہ چڑایا "بڑی آئیں کہیں کی۔ ہماری ماتا جی کا باغ ہے۔ تم کون ہو؟"

اتنے میں پیچھے سے زور سے شیرا کے بھونکنے کی آواز آئی۔ گیتی گھبرا کر پیڑ پر چڑھ گئی۔ اس کا سارا بدن کانپ رہا تھا۔ وہ درخت کی ایک شاخ سے لپٹ گئی۔ وہ کتّے سے بہت ڈرتی تھی۔ شیرا پیڑ کے نیچے آکر خوفناک آواز میں بھونکنے لگا۔ جتندر کو بہت غصّہ آیا۔

"ٹھہر جا ونود آج تیری خیر نہیں"

"ارے پہلے اپنی جان تو بچاؤ شیرا سے، بھیّا۔ ڈرپوک لڑکیوں کی طرح پیڑ پر چھپا بیٹھا ہے"

"بھیّا ڈرپوک" اُدھر سے انوری نے آواز ملائی۔ "جتندر ڈرپوک"

جتندر دھم سے اونچے سے کودا۔ شیرا زور سے اچھل کر اس کی طرف لپکا مگر اس وقت پیچھے سے مالی کی ڈانٹ سنائی دی "شیرا۔ شیرا۔ ہیں۔ ہیں۔ مالک کے کاٹتا ہے؟" اور شیرا ایک دم غصیلے شیر کی جگہ پالتو بلی بن گیا۔ مسکین منہ بنا کر زور زور سے دُم ہلانے لگا۔ جیسے جتندر سے کہہ رہا ہو "بھیّا مجھے معاف کر دو۔ میں نے پہچانا نہیں تھا"

گیتی اب تک ٹہنی سے لپٹی کانپ رہی تھی، اب ذرا اس کی جان میں جان آئی۔

"ونود۔ میرا بھیّا۔ مجھے ذرا پیڑ سے اتار دے۔ کیسا اچھا سا، پیارا سا ہے میرا بھیّا" گیتی نے خوشامد کی۔ "مکّار کہیں کی" ہنس کر ونود نے کہا اور پھر اس

کا پیرا اپنے کندھے پر ٹیکا کر اُسے زمین پر اُتار لیا۔

مالی ایک ٹوکری میں پکّے پکّے شہتوت، گدرائے آڑو اور کچھ لوکاٹ لے کر آیا اور سب بچّے مزے سے کھانے لگے۔ وہ یوں گھُل مل گئے تھے۔ جیسے کوئی جھگڑا تھا ہی نہیں۔

(۲)

ونود نے اسکول سے آکر کاپیاں کتابیں پلنگ پر پٹخ دیں اور منہ پھُلاکر بیٹھ گیا۔ امّاں جی نے باورچی خانے سے اُسے آتا دیکھ لیا تھا۔ جلدی سے دودھ کا گلاس لے کر آ گئیں۔

"لے بیٹا دودھ پی لے۔" امّاں جی نے پیار بھرے لہجے میں کہا۔ مگر ونود کا منہ چڑھا ہوا تھا۔ "کیا ہوا۔ غصّہ کیوں آرہا ہے؟" امّاں جی نے پوچھا۔

"کچھ نہیں۔" ونود نے کہا۔

"ارے لاٹ صاحب۔ کس بات پر کھوبڑا چڑھا ہے؟" انوری نے چڑایا۔

"تمھیں کیا۔ ہم تم سے نہیں بول رہے۔ اپنی امّاں جی سے بات کر رہے ہیں۔"

"پر ہوا کیا میرے لال؟" امّاں جی نے سر پر ہاتھ پھیرتے ہوئے کہا۔

"وہ رام بھروسے ہے نا امّاں جی۔ جتندر بھیا سے ایک کلاس آگے ہے۔ وہ کہے ہے۔ کہے ہے۔" ونود کی آواز کانپ رہی تھی۔

"کیا کہے ہے؟" امّاں جی نے پوچھا۔

"کہے ہے تو امّاں جی کا بیٹا نہیں ہے۔"

"اس کے بکنے سے کیا ہو ہے۔ تو میرا ہی تو بیٹا ہے۔" امّاں جی ہنس پڑیں۔

"امّاں جی وہ بہت بد تمیز ہے۔ سارے لڑکوں کے سامنے کہنے لگا..... نہ امّاں جی تیری اماں ہیں۔ نہ گیتی تیری بہن ہے۔" ونود کی سسکی نکل گئی۔ امّاں جی نے اُسے گلے سے لگا لیا۔ "ارے میرے بچّے روئیں تیرے دشمن۔ رام بھروسے تو گدھا ہے۔ تو میرا بچہ ہے۔ سب جانتے ہیں۔ لے دودھ پی، ٹھنڈا ہوا جا رہا ہے۔"

اور امّاں جی نے دودھ کا گلاس اس کے منہ سے لگا دیا۔

ونود کے آنسو تھم گئے۔ اس نے دودھ پیا۔ مٹھائی کھائی اور بولا "امّاں جی آج بھی روزہ ہے آپ کا؟"

"ہاں۔ اچھا ٹھیر۔ ابھی جا نہیں۔ تیرے عید کے کپڑے تو دکھاؤں — اے انوری۔ ذرا میری گٹھری لا ئیو" امّاں جی نے کہا۔

"میں کیوں لاؤں۔ یہ خود کیوں نہیں لاتا" انوری نے منہ بنایا۔ مگر ونود اس کی بات سننے سے پہلے ہی لپک کر اندر سے کپڑوں کی پوٹلی اٹھا لایا تھا۔

"دکھایئے امّاں جی" بے قرار ہو کر اس نے کہا۔

"دیکھ" ونود نے ہلکے بادامی رنگ کی خوبصورت اچکن اور اس کے ساتھ کی گاندھی ٹوپی دیکھی اور خوشی سے کودنے لگا "آہا جی میری اچکن بنی ہے۔ آہا جی میں اب کی عید پر شیروانی پہنوں گا۔ اور امّاں جی چوڑی دار پاجامہ بھی"

"ہاں ہاں چوڑی دار پاجامہ ہی تو سلوا رہی ہوں اور لکھنؤ کی چکن کا کُرتا" امّاں جی نے بتایا۔

"امّاں جی بالکل جوکر لگے گا اس میں یہ ونود" انوری نے کہا۔

"چل ہٹ۔ میرا ونود تو شہزادہ لگے گا شہزادہ" امّاں جی نے کہا تو ونود پھول گئے خوشی سے۔

"امّاں جی کل پہن جاؤں اسکول یہ شیروانی؟"

"نہیں بیٹا۔ عید کا جوڑا تو عید کے دن ہی پہنا جاتا ہے" اماں جی نے بتایا۔

"اوہ۔ ابھی تو دس گیارہ دن پڑے ہیں عید میں" ونود کو تو ایک ایک دن کاٹنا مشکل ہو رہا تھا۔

"بڑے روزے رکھ رہا ہے بچارا" انوری نے چڑایا۔

"رکھ کیوں نہیں رہا۔ اماں جی نے پرسوں روزہ رکھا تھا نا؟"

ونود نے اماں سے گواہی دلوائی: "ہاں میاں رکھا تھا؟" انھوں نے مسکرا کر کہا۔

"جی بڑا روزہ رکھا تھا۔ بس زرا سا دودھ پی لیا تھا۔ زرا سا پانی۔ اور بس سنترے کھائے تھے روزہ بہلانے کو؟" انوری نے پھر چھیڑا۔

"اور تم نہیں، کل روزے میں چھپ کر پانی پی رہی تھیں؟" ونود نے اسے جلایا۔

"چل ہٹ جھوٹے۔ میرے تو پورے دس روزے ہو چکے ہیں۔ کیوں نہ اماں جی؟" انوری نے کہا۔

"ارے آپا، ونود دیکھو میری چوڑیاں؟" ڈیوڑھی سے خوشی میں اچھلتی گیتی اندر داخل ہوئی۔

"دیکھ ماتا جی نے میری کیسی سندر چوڑیاں منگائی ہیں؟" ونود نے ڈبہ لپک کر اس کے ہاتھ سے لے لیا۔

"ارے دیکھ۔ سنبھال کے، توڑ نہ دینا؟" گیتی نے گھبرا کر کہا۔

ڈبے کے اندر ہری لال چوڑیاں اور سنہرے کنڑے جگمگا رہے تھے۔

"اور میرے لیے نہیں؟" انوری نے روہانسی ہو کر کہا۔

"اوہوں آپا۔ ماتا جی کہتی ہیں گیتی میری بیٹی ہے اور انوری اماں جی کی بیٹی ہے۔ میں اس کے لیے چوڑیاں ووڑیاں کیوں منگاؤں؟"

انوری کی آنکھوں میں آنسو بھر آئے۔ ونود نے کہا۔ "جھوٹی ہے گیتی۔ ماتا جی نے تمھارے لیے بھی چوڑیاں منگائی ہیں؟"

"ہاں ہاں منگائی کیوں نہیں؟" دونوں گھروں کے آنگن میں جو کھڑکی تھی رام پیاری جی اس میں کھڑی کہہ رہی تھیں: "باولی تو روتی کیوں ہے؟"

"نہیں میں آپ کی بیٹی نہیں ہوں؟" انوری نے روٹھ کر کہا۔

وہ کھڑکی میں سے آنگن میں آگئیں اور ہنس کر بولیں: "اری بیٹی نہیں تو کیا ہوا، بھانجی تو ہے۔ لے دیکھ، یہ رہیں چوڑیاں؟" اور ماتا جی نے ڈبہ کھول

کر دکھایا، جس میں سنہری روپہلی چمکدار چوڑیاں رکھی تھیں۔
"آونہہ۔ کہیں بیٹی اور بھانجی برابر ہوتی ہے بھلا" گیتی نے شان سے کہا۔ "میرا تو ماتا جی نے جوڑا بھی بنایا ہے اماں"
"اچھا بس چپ رہ۔ ابھی سے بھانڈا نہ پھوڑ" اماں جی نے کہا۔
"ماتا جی۔ میری شیروانی دیکھی آپ نے۔ بڑی پیاری ہے"
"ہاں بیٹا۔ تیری اماں جی کی پسند بڑی اچھی ہے" ماتا جی نے شیروانی کھول کر دیکھتے ہوئے کہا۔
"بھگوان نیگ لگائے"
"ماتا جی رام بھروسے کہے ہے اماں جی تیری ماں نہیں۔ تو عید کیوں مناتا ہے۔ وہ کہے ہے گیتی تیری بہن نہیں۔ میں اس کا سر پھوڑ دوں گا"
"ارے لڑاکو سر کیوں پھوڑے گا۔ گیتی تو تیری پکی بہن ہے۔ دونوں نے ایک ہی ماں کا دودھ پیا ہے" ماتا جی مسکرا کر بولیں۔
"دودھ پیا ہے! ایک ہی ماں کا دودھ پیا ہے؟" ونود کی کچھ سمجھ میں نہیں آیا۔
"اچھا اچھا جا بھاگ۔ لڑکے ہر بات میں دخل نہیں دیا کرتے" اماں جی نے جھڑکا "جا جتندر کو بلا لا۔ اس کے کپڑے بھی تو دکھاؤں"
"مگر اس کی شیروانی تو نہیں بنائی ہے اماں جی؟" ونود نے پوچھا۔
"توبہ۔ ان بچوں میں تو میرے تیرے کی کتنی فکر رہتی ہے۔ وہاں گیتی مجھ سے جھگڑ رہی تھی کہ آپا تمھاری بیٹی تھوڑا ہی ہیں۔ ان کے لیے جوڑا نہ بنانا۔ بس چوڑیاں دے دینا" ماتا جی پیار میں گیتی کو گیتا کہا کرتی تھیں۔
"ادھر ونود مجھ سے لڑ رہا ہے اتنی دیر سے" اماں جی نے مسکرا کر کہا۔
"تبھی تو انوری اور جتندر میں زیادہ میل ہے، یہ دونوں مل کر ان کو چڑاتے ہیں کہ ہماری دو دو مائیں ہیں" اور دونوں سکھیاں کھل کھلا کر ہنس پڑیں۔

(۳)

شام کا دھندلکا دھیرے دھیرے بڑھ رہا تھا۔ سورج ڈوب چکا تھا اور پچھم کی طرف شفق کی لالی ابھی نظر آ رہی تھی۔ گائے بھینس چراگاہ سے کُلیلیں کرتی اپنے اپنے تھان کی طرف دوڑ رہی تھیں۔ اونچے آسمان پر پنکھ پکھیرو دور دور سے اڑتے ہوئے آتے اور خوشی کی کلکاریاں مارتے زن سے نکل جاتے۔ چڑیاں ہرے ہرے درختوں پر بسیرا لینے سے پہلے چہچہا رہی تھیں اور ان کے چھوٹے چھوٹے ننھے بچے گھونسلوں سے چونچیں نکالے، ننھی ننھی آنکھیں چمکاتے ماں باپ کے آنے کی خوشی میں چوں چوں کیے جا رہے تھے۔ اور کہیں کوئل کوک رہی تھی۔ کوؤ۔ کو۔ کُو۔ کوُ!

بہاری لال کے گھر کی چھت بہت اونچی تھی۔ پرانے زمانے کی بنی حویلی تھی نا۔ عید کا چاند سب یہیں سے دیکھا کرتے تھے۔ اس وقت بھی انور علی، اصغری بیگم، انوری، گیتی، ونود، جتندر اور رام پیاری سب وہاں چڑھے عید کا چاند ڈھونڈھ رہے تھے۔

"وہ۔ وہ۔ رہا۔ اماں جی! ونود نے بادل کے کسی ٹکڑے کو چاند سمجھ کر انگلی سے اشارہ کیا۔

"ارے جا بھی۔ دن کو اونٹ تو سوجھتا نہیں انتیس کا چاند دیکھے گا!" جتندر نے ٹوکا۔

"اماں جی۔ یہ تو یونہی کہ رہے ہیں۔ ہے نا؟"

"ارے بچے ابھی سے کہاں نظر آئے گا۔ اتنی تو روشنی ہے!" اماں جی نے آسمان پر نظریں جمائے جمائے کہا۔ اور سب بچے پھر چاند دیکھنے کی کوشش کرنے لگے۔ ہر ایک چاہتا تھا سب سے پہلے اس کی نظر پڑے۔ تھوڑی دیر بعد گیتی نے کہا۔

"ماتا جی۔ ماتا جی۔ وہ دیکھنا۔ وہ نیم کی اوپر کی پھنگی کی بائیں طرف ہے۔ وہ باریک تار جیسا"

"ہاں۔ کچھ لگ تو رہا ہے" ماتا جی نے بیٹی کا دل رکھنے کو کہا۔

"ارے جاؤ بھی بھابی، بیٹی کے کہنے سے انھیں ابھی سے چاند نظر آگیا" انور علی نے چھیڑا۔

"واہ ابا جان۔ وہ دیکھیے۔ میں آپ کو دکھاؤں" گیتی ان کے پاس آکھڑی ہوئی اور انگلی کے اشارے سے دکھانے لگی "وہ تارے سے ذرا اوپر۔ بس جیسے بادل کا ننھا سا ٹکڑا"

"چل جھوٹی" انوری کی بات پوری بھی نہ ہوئی تھی کہ دھم۔ دھم گئی گولے چھوٹے۔

"وہ دیکھیے۔ گولے بھی چھوٹ گئے" گیتی نے کہا۔ بچے خوشی سے اُچھل اُچھل کر ایک دوسرے کو چاند دکھانے لگے۔

اماں جی سر پر دوپٹا ڈھکے آنکھیں بند کیے دونوں ہاتھ اٹھائے دعائیں پڑھ رہی تھیں اور ماتا جی ان کے برابر کھڑی اشارے سے بچوں کو چپ رہنے کو کہہ رہی تھیں۔

اماں جی نے آنکھیں بند کیے کیے کہا "ونود۔ میرے بچے۔ ذرا آیو ـــــ تیرا منہ دیکھ لوں" یہ سنتے ہی چاروں بچے چیختے ہوئے بھاگے "اماں جی۔ میرا منہ۔ اماں جی میرا منہ۔ نہیں، میرا۔ نہیں، میرا"

اماں جی نے آنکھیں کھولیں۔ چار پھول جیسے مسکراتے چہرے پریم بھری نظروں سے ان کی طرف دیکھ رہے تھے۔ انھوں نے چاروں کے منہ پر پھونک ماری، اپنے منہ پر ہاتھ پھیرے اور پھر سب کو باری باری پیار کیا۔

"آداب بہن جی۔ عید کا چاند مبارک ہو" پیچھے سے پتا جی نے کہا تو اماں جی نے جھٹ دوپٹا خوب لپیٹ لیا۔ وہ بھائی کے ناتے ان کے سامنے آتی

تھیں۔ مگر ذرا شرماتی تھیں ؛ آپ کو بھی مبارک ہو بھائی صاحب ؛

رات کو ماتا جی نے انوری اور گیتی کے ہاتھوں میں منہدی لگائی۔ ایسے ایسے خوبصورت پھول پتے بنائے کہ جتندر اور ونود کڑھ کڑھ کر رہ گئے کہ وہ لڑکی کیوں نہ ہوئے ؛ وہ برابران کی منہدی بگاڑتے اور چھیڑتے رہے۔ مگر جب وہ کوئی کام بتاتیں تو دوڑ دوڑ کر کرتے۔ کبھی گیتی کے پیروں یا پیٹھ میں کھجلی اٹھتی اور کبھی انوری کو پیاس لگتی۔ کبھی گیتی کو گرمی لگتی۔

"ارے ونود میرا بھیا مجھے پھر پانی پلادے ؛ گیتی نے دونوں ہاتھ آگے پسار رکھے تھے۔

"اور مجھے بھی ونود ؛ انوری نے خوشامد سے کہا۔ ونود کانسی کے کٹوروں میں ٹھنڈا ٹھنڈا پانی لایا اور دونوں بہنوں کے منہ کو لگا دیا۔ گیتی جب پانی پی چکی تو بولی۔

"اے چھوکرے۔ دیکھ ٹھیک سے کام کیا کر۔ نہیں تو پیسے نہ ملیں گے ؛ اور ونود نے ایک دھکا اس کی پیٹھ پر مار کر منہدی اس کے منہ پر مل دی۔

"دیکھو ماتا جی یہ نہیں مانتا بندر ؛ گیتی چیخی۔

"کیا ہے ونود۔ کیوں اسے ستا رہا ہے۔ جا تو اپنی اماں جی کے پاس ؛ ہاتھ دھوتے ہوئے ماتا جی نے بگڑ کر کہا۔

"واہ۔ الٹا مجھے ڈانٹتی ہیں۔ اپنی لاڈلی کی بدتمیزی نہیں دیکھتیں ؛ ونود کھسیا کر بولا ؛ اماں جی نے جو یہ گڑبڑ سنی تو ادھر سے آواز دی ؛ ونود بیٹا تو میرے پاس آ کر کام کرا۔ میں اکیلی سب کر رہی ہوں ؛ دونوں لڑکے کھڑکی میں سے کود کر اماں جی کے پاس پہنچے۔ سوتیوں کی ٹوکری ان کے پاس رکھی تھی۔ میوے کی تھالی میں ثابت میوہ پڑا تھا اور چھوٹی سی ڈلیا میں وہ سروتے سے میوہ کاٹ رہی تھیں۔ دونوں نے جا کر اماں جی کے ہاتھ بٹانے کی جگہ اپنا منہ چلانا شروع کر دیا۔

"ارے۔ ارے۔ اتنا کاٹ نہیں رہے جتنا کھا رہے ہو۔ پھر صبح کو شیر یں کیا کھاؤ گے" اماں جی نے ٹوکا۔ ونود نے کشمش کے کچھ اور دانے منہ میں ڈالے اور وہیں سے چیخا "او گیتی بیگم ہم خوب میوہ کھا رہے ہیں۔ تم دونوں جلو" اور گیتی نے وہیں سے بُرا بھلا کہنا شروع کر دیا۔

"اے بہن رام پیاری اب ذرا تم میرے پاس آجاؤ۔ بس ہو چکے لڑکیوں کے لاڈ۔ یہ چھوکرے تو سارا میوہ کھائے جا رہے ہیں" اصغری بیگم نے آواز دی۔ ماتا جی یہ سُن کر ادھر آگئیں اور پھر جانے کتنی دیر تک اماں جی اور ماتا جی عید کی تیاریاں کرتی رہیں اور بچے باتیں کرتے کرتے سو گئے۔

صبح سویرے جب ونود اور جتندر جاگے تو ابا جان نہائے دھوئے، عیدگاہ جانے کے لیے تیار کھڑے تھے۔ اماں جی "شیر اور میٹھی سویّوں کی قابیں لا لاکر چوکی پر رکھ رہی تھیں۔

ماتا جی گیتی اور انوری کی منہدی چھڑا رہی تھیں جو خوشی سے اُچھل اُچھل پڑتیں "ہائے ماتا جی۔ کتنی پیاری منہدی رچی ہے"

ابّا جان نے آواز دی "ونود۔ جتندر۔ بیٹا جلدی سے تیار ہو جاؤ۔ عیدگاہ چلنا ہے" جلدی جلدی دونوں نے نہا دھو کر کپڑے بدلے۔ جتندر کہتا تھا میرا ریشمی کوٹ زیادہ اچھا لگ رہا ہے جو پچھلی دیوالی پر ماتا جی نے بنایا تھا۔ اور ونود اسے چڑا رہا تھا کہ میری شیروانی کہیں زیادہ اچھی ہے۔ نئی شیروانی میں وہ بس وہ اپنے خیال میں شہزادہ سلیم لگ رہا تھا۔ جلدی جلدی تھوڑی سویّاں کھا کر، لڑکے تو ابا جان کے ساتھ عیدگاہ سدھارے۔ اتنے ابا جان نے عید کی نماز ادا کی لڑکوں نے اپنے اور بہنوں کے لیے مٹھائیاں، کھلونے اور کچھ الم غلم چیزیں خریدیں۔

انوری اور گیتی نے بھی نہا دھو کر کپڑے بدلے۔ چوڑیاں پہنیں۔ اماں جی کے ساتھ نماز پڑھی۔ اور پھر ماتا جی کو عید کا سلام کرنے آئیں۔ گیتی ماتا جی کے

بنائے گلابی جوڑے میں خود بھی گلاب کی پیاری سی کلی لگ رہی تھی۔ اور انوری کے لیے پہلی بار ماتاجی نے ساڑی خریدی تھی اور وہ اسے پہن کر بے حد شرما رہی تھی۔ "ماتاجی کپڑے بدلو۔ ماتاجی کپڑے بدل لیجیے آپ بھی" لڑکیوں کے اصرار پر رام پیاری نے بھی ریشمی ساڑی نکال کر پہنی اور اماں جی کے پاس گئیں۔ وہ بھی نیا جوڑا پہن چکی تھیں۔ دونوں سکھیاں گلے ملیں۔ سویّاں کھائیں۔ اماں جی پان بنانے لگیں۔

"اماں جی۔ عیدی" انوری اور گیتی نے ہاتھ پسارے۔

"ماتاجی۔ عیدی"

"نہیں بھئی۔ عیدی اپنے پتاجی سے لینا۔ ہم نے تو جوڑے بنا دیے" ماتاجی نے ہنس کر کہا۔

اور کیا۔ یہ مرد کیسے سستے چھوٹ جاتے ہیں" اماں جی نے ہاں میں ہاں ملائی۔

اتنے میں ابا جان اور لڑکے عیدگاہ سے آگئے "ابا جان عیدی۔ ہماری عیدی" چاروں نے رٹ لگا دی۔ باہر سے ماسٹر بہاری لال نے آواز دی "بھائی صاحب۔ بھابی جی عید مبارک ہو"

"آؤ بھائی اندر آؤ" انور علی نے کہا۔ دونوں دوست گلے ملے۔ اماں جی نے شیر خرما، مٹھائی اور دہی پھلکیاں پتاجی کو کھلائیں۔ مگر بچے اپنی ہی ہانک لگا رہے تھے "عیدی۔ عیدی۔ عیدی"

کچھ دیر ستا کر ابا جان اور پتاجی نے چاروں بچوں کو عیدی کے روپے دیے۔ دن بھر بچے دوسرے گھر میں اپنے دوستوں اور سہیلیوں کے ساتھ دھما چوکڑی مچاتے رہے۔ انور علی صاحب سے ملنے ان کے دوست دن بھر آتے رہے۔ بار بار رام پیاری پان لگا کر، کسی بچے کو آواز دیتی "جاؤ یہ باہر دے آؤ" اور اصغری بیگم بچاری تو دن بھر پکاتی رہیں۔ نوکر بھی تو

چھٹی پر تھا۔ اس کی بھی تو عید تھی نا۔

ونود، جتندر، انوری اور گیتی دن بھر کھیلتے اور کھاتے۔ اتنے تھک گئے کہ شام ہی سے اوندھے سیدھے پلنگ یا تخت پر پڑ کر سو گئے۔ اماں جی اور ماتا جی نے کتنا پکارا کہ اٹھ کر کچھ کھا لو۔ مگر انھیں خبر نہ ہوئی۔ ہاں بلّی کے خواب میں چھیچھڑے، سوتے میں مزے مزے کے کھانے، چاٹ، سویّاں، عیدگاہ، روپے، جھم جھماتے کپڑے، شہزادہ سلیم۔ اور جانے کیا کیا خواب دیکھتے رہے۔

(۴)

پچھلے سال تک تو چاروں ایک ہی اسکول میں پڑھتے تھے۔ مگر اس سال انوری کو اماں جی نے لڑکیوں کے اسکول میں داخل کر دیا تھا۔ وہ اب ساتویں میں پڑھتی تھی۔ اور جتندر بھی ساتویں میں پڑھتا تھا۔ گیتی کو بھی اماں جی چاہتی تھیں کہ لڑکیوں کے اسکول میں داخل کر دیں مگر اس نے وہ رونا دھونا مچایا کہ توبہ! "میں تو ونود کے ساتھ ہی پڑھوں گی" یہ دونوں اب چھٹی میں آگئے تھے۔ اماں جی نے کہا: "اری کب تک لڑکوں کے ساتھ پڑھے گی"

"نہیں میں بھیا کے اسکول میں پڑھوں گی" آخر ماسٹر بہاری لال کے سمجھانے پر کہ "ایک سال اور پڑھ لینے دو۔ ابھی بچّی ہی تو ہے" اماں جی راضی ہوئیں گیتی اور ونود کے نمبر ایک ہی سے آتے تھے۔ کبھی گیتی فرسٹ آجاتی کبھی ونود گیتی کے نمبر ٹسٹ میں زیادہ آجاتے تو ونود خوب لڑتا مگر اماں جی کے سمجھانے سے یہ بات بھیجے میں آجاتی کہ لڑنے سے کچھ نہیں ہو سکتا، محنت کرنی چاہیے۔ اور پھر جب ونود زیادہ نمبر پا جاتا تو گیتی رات رات بھر جاگ کر پڑھتی اور اگلی بار اس سے زیادہ نمبر لاتی۔ اس طرح سال بھر دونوں میں مقابلہ ہوتا رہتا۔ گیتی کہتی "چار نمبر زیادہ آگئے تو کیا اترا رہا ہے۔ تو مجھ سے بڑا بھی تو ہے"

"بڑا ہوں تو ادب کیا کر میرا" اکڑ کر ونود کہتا۔

"زبان تو گز بھر کی ہے اس چھوٹی کی" اماں جی خفا ہو کر کہتیں۔

رام پیاری سن لیتیں تو جھٹ گیتی کی طرفداری کرتیں، "واہ اصغری دیدی! اپنے لڑکے کو نہیں کچھ کہتیں۔ بچّی کے پیچھے پڑ جاتی ہو۔ اتنا بڑا لڑکا میری چھوٹی سی لڑکی سے مقابلہ کرتا ہے"۔ بچارا ونود۔ بڑی جلدی جلدی لمبا ہو رہا تھا۔

اماں جی بگڑ جاتیں: "رام پیاری۔ اپنی ایڑی دیکھو۔ لو اور سنو! کیسا مُنہ بھر کر لڑکے کو ٹوک دیتی ہو۔ تمھاری لاڈلی کون ننھی سی ہے۔ اتنی بڑی ہوگئی اب تک لڑکوں کے ساتھ کھیلتی پھرے ہے جیسے ننھی چھنی ہے"۔ اور یہ سن کر گیتی جھٹ ماتاجی کی گود میں یوں پسر جاتی جیسے چار برس کی بچی ہی تو ہے اور وہ اُسے چھاتی سے لگا کر کہتیں "گیتا۔ تو ان ماسی جی سے نہ بولیو یہ تو تجھ سے جلیں ہیں"۔

بات یہ تھی کہ رام پیاری کے اپنے کوئی لڑکی نہ تھی۔ جتندر سے پہلے ایک بچّی ہو کر بھگوان کے ہاں سدھار گئی تھی۔ انھیں لڑکیوں سے بہت پیار تھا۔ وہ اپنی سُندری کی یاد میں رویا کرتی تھیں۔ جب گیتی پیدا ہوئی تو اصغری بیگم نے اسے اپنی سکھی رام پیاری کی گود میں ڈال کر کہا، "لو بہن یہ تمھاری بچّی ہے"۔ انھوں نے چھاتی سے لگا کر خوشی کے آنسو بہائے تھے اور جب سے وہ اُسے اپنے بیٹیوں کی طرح پیار کرتیں۔ ہر تیوہار پر کپڑے بناتیں، ہر اچھی چیز اُسے کھلاتیں اور اکثر اپنے پاس سُلا بھی لیتی تھیں۔ ونود نے اماں جی کا دودھ پیا تھا۔ ہوا یہ کہ، جب ونود نے جنم لیا تو اس کی ماتا جی سخت بیمار ہوگئیں۔ اور بچّے کو نہ گائے کا دودھ پچا نہ ڈبّے کا۔ برا حال ہوگیا بھوک سے۔ انوری اس وقت ڈیڑھ برس کی تھی۔ اماں جی نے انوری کا دودھ چھڑا دیا تھا اور ونود کو پلانے لگیں اور ڈیڑھ سال تک وہ انھیں کے پاس رہا۔ اور یوں گیتی اور ونود دونوں ایک ساتھ پلے بڑھے۔ برابر برابر کھے تھے۔ چاروں بچے سارے دن ساتھ کھیلتے، ساتھ رہتے۔ ساتھ کھاتے پیتے اور اب ساتھ پڑھتے تھے۔

جتندر کو اپنی ماتا جی سے اور انوری کو اپنی اماں جی سے زیادہ محبت تھی۔ مگر ونود اور گیتی کو اپنی ماؤں سے بھی زیادہ اپنی منہ بولی ماؤں سے پیار تھا۔

سالانہ امتحان ہوا۔ ونود اور گیتی سے کوئی پوچھتا "کیسے پرچے ہوئے؟" تو دونوں کہتے: "میرے پرچے تو بڑے خراب ہوئے ہیں؟" دوسرے کہہ کہتے: "یہ فرسٹ آئے گا" مگر جب نتیجہ آیا تو دونوں کے نمبر اوّل درجے کے تھے۔ ہاں ونود کے گیتی سے سات نمبر زیادہ تھے۔ وہ کلاس میں اول تھا اور گیتی دوم تھی۔

اماں جی بچوں کی طرح خوش تھیں "میرا بیٹا اول آیا ہے۔ وہ لڑکا ہے اوّل رہے گا ہی" اور ماتا جی کا منہ لٹکا ہوا تھا "اونہہ اوّل کیا آیا ہے دو چار نمبروں سے کیا ہوا ہے۔ بڑا بھی تو کتنا ہے وہ گیتا سے" اماں جی ہنس کر انھیں چھیڑتیں: "رام پیاری کھسیانی بلی کھمبا نوچا کرتی ہے"

اُدھر گیتی نے رو رو کر آنکھیں سُجا ڈالیں۔ ونود بچارا بڑا پریشان۔ ماتا جی کو سمجھاتے کہ گیتی کو۔ جا کر گیتی سے کہتا "منّی مان جا۔ تو چھوٹی ہے۔ میں بڑا ہوں۔ اور دو چار ہی تو نمبر زیادہ ہیں۔ اچھا تو میرے نمبر لے لے۔ ہاں بھئی ہاں سب سُن لو۔ گیتی اوّل آئی ہے ہم دوم ہیں۔ ابھی ماسٹر جی نے بتایا ہے" اور جب گیتی ہنس پڑتی تو جھٹ بدل جاتا "احمق کہیں کی۔ ارے کہیں دوسروں کے نمبروں سے کوئی فرسٹ آتا ہے۔ ہم لڑکے ہیں۔ اوّل آئیں گے ہی!" اور گیتی اُس کا منہ چڑا کر رہ جاتی۔

(۵)

رکھشا بندھن کی تیاریاں انوری اور گیتی کے ہاں کئی دن پہلے سے شروع ہو جایا کرتی تھیں۔ ہر سال تو راکھیاں بازار سے لے لی جاتی تھیں مگر اب کی دونوں بہنوں نے طے کیا کہ گھر پر ہی راکھی بنائیں گے۔ انوری سینے پرونے میں ہوشیار تھی۔ اماں جی نے اپنی پوٹلی میں سے ریشمی ٹکڑے نکال کر دیے۔ بازار سے ملمہ، ستارے، گوکھرو منگایا اور دونوں بہنیں چھپ کر راکھیاں بنانے لگیں۔

بناتی تو انوری ہی تھی۔ گیتی تو سوئی پرو دیتی، پانی پلا دیتی اور چوکیداری کیا کرتی کہ ونود اور جتندر نہ آجائیں۔ جیسے ہی وہ آتے دکھائی دیتے راکھیاں چھپا دی جاتیں تیوہار کی رات کو کہیں دس بجے جاکر راکھیاں تیار ہوئیں۔ دو لال، دو ہری، لال پر روپہلے ستاروں کا کام اور ہری پر سنہرے سلمے کا۔ مگر اب گیتی مچل گئی کہ میں تو لال راکھیاں لوں گی۔ انوری نے کہا: "کیوں دوں تجھے لال۔ بنائی میں نے ہیں۔ جا میں ایک بھی نہیں دیتی!" جب گیتی راکھیاں چھیننے لگی تو انوری نے ایک تھپڑ جما دیا۔ گیتی روتی ہوئی فریاد لے کر ماتا جی کے پاس گئی۔ ذرا دیر میں وہ گیتی کو لیے آن پہنچیں۔

"اصغری دیدی تمھیں میری لڑکی دو بھر ہے تو میں اپنے پاس ہی رکھوں گی۔ واہ وا۔ بچی کے ایسا تھپڑ مارا تمھاری لڑکی نے کہ سارا منہ لال ہو گیا۔" وہ خود بھی رونے کے قریب تھیں۔

"رام پیاری بہن۔ بات تو سنو۔ خواہ مخواہ خفا نہ ہو۔ یہ بھی تو انوری کو ستا رہی تھی۔ چل اتر گود سے۔ لتری۔ پہنچ گئی شکایت لے کر۔" اماں جی نے گیتی کو ڈانٹا۔

"کیوں اتریں۔" اٹھلا کر گیتی نے کہا۔

بڑی مشکل سے انوری نے ماتا جی کو منایا۔ پھر ماتا جی کا فیصلہ دونوں کو ماننا پڑا۔ دونوں ایک ایک لال راکھی لیں ایک ایک ہری لیں۔ پھر وہ انھیں سمجھاتی رہیں کہ کیسے باندھنا کیا کیا کرنا ہوگا۔" اور ہاں دیکھو روپے رکھوا لینا۔ ایسا نہ ہو بھائیوں کو یوں ہی چھوڑ دو۔"

اگلے دن ونود اور جتندر نے نہا دھو کر نئے نئے جوڑے پہنے۔ باریک ململ کی دھوتیاں۔ اور سفید جھاگ سے کرتے۔ بالوں میں کنگھی کیے، بہنوں سے راکھی بندھوانے آن پہنچے۔ یہاں دو چوکیوں پر لال کپڑے سے ڈھکی تھالیاں رکھی تھیں۔ سامنے سر پر پلّو ڈالے، انوری اور گیتی بڑی گمبھیر بنی بیٹھی تھیں۔ پہلے

اماں جی نے دعائیں دیں۔ ابا جان برآمدے میں کھڑے ہو کر دیکھنے لگے۔ ماتا جی کھڑکی میں سے جھانکتی رہیں۔

جتندر اور ونود پہلے انوری کی چوکی کی طرف بڑھے تو بی گیتی سب سنجیدگی بھول بھال چیخ پڑیں: "نہیں پہلے میں، میں باندھوں گی پہلے" تو وہ ڈر کر اس کی طرف چلے۔ گیتی نے تھالی پر سے رومال ہٹایا۔ ننھی سی چاندی کی پیالی میں سے صندل کا ٹیکا جتندر اور ونود کے ماتھے پر لگایا، ونود کے لال اور جتندر کے ہری راکھی باندھی اور ونود کے منہ میں مٹھائی کی اتنی بڑی ڈلی ٹھونس دی کہ اس کا منہ بھر گیا۔ دونوں نے دو دو روپے آگے دیے۔ بڑے بوڑھوں کی طرح سر پر ہاتھ پھیرا اور انوری کی طرف بڑھے جس کا منہ پھولا ہوا تھا۔ مگر خیر چپ رہی۔ اس نے بھی صندل کا ٹیکا لگایا، راکھیاں باندھیں، مٹھائی کھلائی اور روپے کھرے کیے۔ اور پھر چاروں نے اودھم مچانا شروع کر دیا۔ ایک دوسرے سے چھین چھین کر مٹھائی کھاتے اور دوسرے کو للچاتے۔ انوری نے کہا: "چپ چپ، دیکھو وہ اماں جی، پتاجی کے راکھی باندھ رہی ہیں۔" اور چاروں جا کر ان کے گرد کھڑے ہو گئے۔

اصغری بیگم نے سر پلو سے ڈھک رکھا تھا آنکھیں نیچی کیے کلائیوں کی نازک سی سنہری راکھی ماسٹر بہاری لال کی کلائی پر باندھ رہی تھیں۔ انھوں نے اماں جی کو سلام کیا اور ایک خوبصورت ساڑی ان کی بھینٹ کی جس کو انھوں نے بڑی عزت سے سر پر رکھ لیا۔

انور علی باہر سے آتے ہوئے بولے: "ارے ہم غریبوں کے کوئی بہن نہیں ہے کیا؟" بچوں نے دیکھا کر ماتا جی کھڑکی میں سے تھالی لیے آ رہی ہیں۔ انھوں نے پہلے ابا جی کو چوکی پر بٹھا کر آرتی اتاری پھر چمکتی ہوئی راکھی ان کی کلائی پر باندھی اور اپنا ہاتھ پھیلایا۔ "لائیے بھائی جی میرا حق!" ابا جان جیسے گھبرا کر بولے: "ارے ..... رے۔ تو کچھ دینا بھی پڑے گا؟"

"لائیے لائیے ماتا جی کا حق ۔ ماتا جی کا حق" سب بچوں نے شور مچایا۔ ابا جان نے ہنس کر جیب سے دس روپے کا نوٹ نکالا: "بس بھئی، ہمارے پاس تو یہی ہے۔ باقی پھر۔۔۔۔۔"

رام پیاری نے روپے لے کر ماتھے سے چھوائے: "بھائی کا دیا تو ایک پیسہ بھی ہزار روپے سے بڑھ کر ہو ہے بھائی جی"

اور ان کو اپنے دور دیس میں گئے۔ پردیسی بھائی کی یاد آگئی جن سے وہ کئی برس سے نہیں ملی تھیں۔ اور بچوں نے دیکھا کہ ماتا جی کی آنکھوں میں آنسو بھر آئے ہیں۔

"مجھے تو سب سے اچھا راکھی کا تیوہار لگتا ہے" گیتی نے کہا۔

"اور مجھے دیوالی کا" انوری بولی۔

"اب کی دیوالی پر میں پورے پانسو دیے جلاؤں گا۔ دونوں گھر جگ مگ جگ مگ کریں گے" ونود نے اکڑ کر کہا۔

"موم بتیاں جلائیں گے ہم تو" گیتی بولی۔

"نہیں دیے زیادہ سندر لگتے ہیں۔ ٹمٹماتے ہوئے" جتندر نے کہا۔

"اور راجا جی کے پانسو دیے کے لیے تیل کہاں سے آئے گا؟" ماتا جی نے ٹوکا۔

"میں منگا کر دوں گی تیل" اماں جی نے جھٹ جواب دیا۔ انھیں کہاں گوارا کہ ونود کی کوئی بات پوری نہ ہو۔

"تم تو بہن اسے بہت بگاڑ رہی ہو" ماتا جی نے اماں جی سے کہا۔

"خیر تو تھیں کیا۔ تمھارے بچوں کو تو نہیں بگاڑتی جا کر" ناراض ہو کر اماں جی بولیں۔

بچوں نے جو بڑوں کو لڑتے دیکھا تو چپکے چپکے ہنستے ہوئے وہاں سے کھسک گئے۔

(۶)

سویرے کا وقت تھا۔ مشرق میں شفق کی سرخی بکھری ہوئی تھی۔ آسمان پر سرمئی بادل چھائے ہوئے تھے۔ سورج دیوتا کے درشن کی کوئی امید نہیں معلوم ہوتی تھی۔ چڑیوں کی چہکار سے کان پڑی آواز سنائی نہیں دے رہی تھی۔

انور علی کے گھر کے سامنے دو ٹیکسیاں کھڑی تھیں جس پر نوکر اور بچّے سامان لا لا کر رکھ رہے تھے۔ ابا جان خاکی پتلون، کوٹ اور بڑا سا ہیٹ پہنے عجیب سے لگ رہے تھے۔ جتندر اور انوری کے چہرے بہت اُداس تھے، لگتا تھا جیسے رات بھر سوئے بھی نہ ہوں ہاں گیتی اور ونود خوش خوش سامان اندر سے لا لا کر رکھتے جا رہے تھے۔

"ارے ریل میں بڑا مزہ آئے گا" گیتی نے کہا۔

"میں ہر اسٹیشن پر اتروں گا۔ شان سے پلیٹ فارم پر ٹہلوں گا اور تو" ڈبے میں دبکی بیٹھی رہے گی" ونود نے چھیڑا۔

"واہ میں بھی اتروں گی" گیتی بولی۔ پھر دونوں جا کر سب سے پہلے ٹیکسی میں آگے کی طرف جا بیٹھے۔

"گیتی!! کیا ماتا جی اور اماں جی رو رہی تھیں؟"

"نہیں تو۔ ماتا جی تو کہہ رہی تھیں ان کی آنکھ میں کچھ پڑ گیا ہے"

"ہم سب ہی جا رہے ہیں نا گیتی؟"

"ہاں اور کیا بھیّا"

"مگر" ونود نے کچھ سوچتے ہوئے کہا" مگر ماتا جی نے تو اپنا سامان نہیں باندھا۔ پتا جی اور جتندر بھی نہیں جا رہے۔ بس ہم تم اماں جی کے ساتھ جائیں گے"

"میں۔ میں تو۔ نہیں نہیں۔ میں تو اپنی ماتا جی کے ساتھ جا رہی ہوں۔

ماتا جی۔ آپ آیئے نا" گیتی نے گھبرا کر کہا۔ ماتا جی ڈیوڑھی پر کھڑی پلو سے آنکھیں پونچھ رہی تھیں۔ ٹیکسی سے کود کر گیتی ان کی طرف لپکی۔ ماتا جی نے دوڑ کر اُسے چھاتی سے لگا لیا اور پھوٹ پھوٹ کر رونے لگیں۔

"ارے بہن۔ تم تو بچی بن گئیں؟ میں کہہ رہا ہوں جلدی ہی پھر یہاں کی بدلی کرالوں گا" ابا جان نے سمجھایا "گیتی تو اپنی ماتا جی سے کہہ دے جلدی سے ان سے ملنے آؤں گی"

"نہیں۔ نہیں۔ میں نہیں جاؤں گی۔ میں اپنی ماتا جی کے پاس رہوں گی" اور گیتی چیخ چیخ کر رونے لگی۔

"بھیا میرے ونود کا خیال رکھنا۔ رام پیاری آسے ڈانٹے نہیں، جتندر اس سے بہت لڑے ہے۔ اور ماسٹر میرے بچے کو ماریں نا۔ ذرا منع کرتے رہنا اور اس کی خیریت" اور یہ کہتے کہتے اماں جی نے بھی رونا شروع کر دیا۔

"اماں جی۔ میں تو آپ کے ساتھ جا رہا ہوں" ونود نے انھیں سمجھایا۔

"نہیں میرے لال۔ تمھارے اسکول کا ہرج ہوگا۔ اس سال تو تم یہیں رہو گے، اور انھوں نے اس کے گلے میں بانہیں ڈال دیں۔ "دیکھو بیٹا ماتا جی کو ستانا نہیں۔ نہ کسی سے لڑنا۔ اچھے بچوں کی طرح رہنا" رک رک کر اماں جی نے کہا۔

"پتا جی۔ میں تو اپنی اماں جی کے ساتھ جاؤں گا" اور ونود کو لگا کوئی چیز گلے میں آکر پھنس گئی ہے۔

"بیٹا۔ ہم جیسے ہی تمھاری چھٹیاں ہوں گی تمھیں بُلا لیں گے۔ اور پھر ہماری بدلی شاید پھر یہاں کی ہو جائے۔ اس وقت مان جاؤ" اباجان نے ونود کو سمجھایا۔

"تو۔ گیتی تو رہے گی نا یہاں" رو کر ونود نے پوچھا۔

"نہیں ونود" ماتا جی نے بڑی مشکل سے کہا "گیتی کو تو اصغری دیدی

کے ساتھ جانا ہے؟

"اس کا بھی تو پڑھنے کا ہرج ہوگا" ونود نے ضد کی۔

"اچھے بچّے ضد نہیں کرتے بیٹا" اماں جی نے سمجھایا "بڑوں کا کہنا مان لیتے ہیں"

"نہیں۔ میں نہیں جاؤں گی" گیتی بس یہی رٹ لگائے جا رہی تھی۔ آنکھیں لال ہو گئی تھیں۔

ماسٹر بہاری لال نے آگے بڑھ کر گیتی کو اپنے پاس بُلایا اور اس کے سر پر ہاتھ پھیر کر بولے "گیتا بیٹی۔ تم تو ہمارا کہنا مان لیا کرتی ہو نا؟ اس سے ضد نہ کرو۔ تم نہ گئیں تو تمھارے ابّا جان اُداس ہو جائیں گے۔ ہم تمھیں وشواش دلاتے ہیں کہ تھوڑے دن بعد سب کو لے کر تمھارے پاس آئیں گے"

"مگر پتا جی۔ میری ماتا جی۔ اکیلی" اور گیتی کی آواز سسکیوں میں ڈوب گئی۔

"گیتی۔ تو گھبرا نہیں۔ میں ماتا جی کا خیال رکھوں گا" ونود نے سسک کر کہا۔ اب وہ کچھ کچھ سمجھ گیا تھا کہ گیتی کو اماں جی کے ساتھ جانا ہی ہوگا اور اُسے یہاں رہنا ہی پڑے گا۔

"بھیا" اور دونوں پھوٹ پھوٹ کر رونے لگے۔ بچّوں کو روتا دیکھ کر بڑے بھی اپنے کو سنبھال نہ سکے۔ ان کا بھی تو پندرہ سولہ برس کا ساتھ چھوٹ رہا تھا۔

(۷)

برسات گئی، جاڑا آیا اور گزر گیا، اب گرمی ختم ہو کر پھر برسات آنے والی تھی۔ مگر برسات میں جھولا جھولنے، بارش میں نہانے، آم کھانے اور کیچڑ اچھالنے کو جی نہ چاہا۔ جاڑے میں رضائیوں میں دبک کر کہانیاں کہنے

اور تھننے میں مزہ نہ ملا۔ گرمی میں نہ فالیز پر پک نک منانے، پیٹ بھر خربوزے اور تربوز کھانے میں لطف آیا اور نہ بھری دوپہر میں، تپتی دھوپ کے اندر اماں جی اور ماتاجی سے چھپ چھپ کر خربوزے کے بیج دھونے کو جی چاہا۔ عید آئی اور گزر گئی مگر اس میں کچھ بھی میٹھا نہ لگا۔ اماں جی کے بھیجے کپڑوں کو پہننے کی جگہ ونود گود میں لیے بیٹھا آسمان کو تک رہا تھا۔ انوری اور گیتی کو وہاں میٹھی سویّاں پھیکی لگیں اور ریشمی کپڑے پھوٹی آنکھ نہ بھائے۔ نہ منہدی لگائی نہ چوڑیوں کی ضد کی۔ ہولی پر ماتاجی نے انوری اور گیتی کے لیے ساڑیاں پارسل سے بھیجیں مگر ساڑیاں پہن کر کیا کریں؟' ہولی ہے رے ہولی ہے!' کہتے ہوئے جتندر بھیّا اور ونود بھیّا کہاں تھے جو ان کے منہ پر گلال مل کر سر سے پیر تک رنگ میں نہلا دیتے تھے اور پھر خوب خوب قہقہے لگاتے تھے۔ اماں جی نے لڑکوں کو روپے بھیجے مگر انھیں بھی ہولی کے ہلّڑ، گانے بجانے، اور رنگ کھیلنے میں کوئی رنگینی نظر نہ آئی۔ اور رکھشا بندھن کے دن تو اُدھر دونوں بہنوں کا روتے کٹا اور اِدھر ونود کو چپ لگی رہی۔ پارسل سے آئی راکھیاں باندھنے کی جگہ وہ انھیں آنکھوں سے لگا لگا کر روتا رہا۔ جتندر کے تو خیر اب کئی نئے دوست بن گئے تھے۔ وہ اب بھی پڑھنے میں اچھا تھا۔ مگر ونود تو پڑھائی میں بھی تیز نہ رہا تھا۔ کس سے مقابلہ کرے؟ گیتی کہاں تھی جو اُسے چڑائے، چھیڑے برابر کے نمبر لائے اور اُسے فرسٹ آنے پر اُکسائے؟

چھٹی جماعت میں پاس ہو کر وہ ساتویں میں آ گیا تھا۔ مگر اب سارے اسکول میں اس کی ذہانت کی دھوم نہ رہی تھی۔ زندگی کیسی اُداس ہو گئی تھی۔ یہ بس ونود جانتا تھا یا گیتی۔ انوری کی تو وہاں بھی کئی سہیلیاں بن گئی تھیں۔

اسی طرح ڈیڑھ سال سے زیادہ بیت گیا۔ اور پھر ایک دن اماں جی کا خط آیا کہ انوری کی منگنی ہو گئی ہے۔ تین مہینے بعد اس کی شادی ہے۔

انھوں نے ماتا جی کو لکھا کہ وہ آنے کی تیاری شروع کریں۔ ان کی بھانجی کا بیاہ ان کے بنا نہیں ہو سکتا۔ انھوں نے بیاہ اسی لیے چھٹیوں میں رکھا ہے کہ ونود اور جتندر آ سکیں۔ ونود اور اس کی ماتا جی کی خوشی کا ٹھکانا نہ تھا۔ انھوں نے ابھی سے جانے کی تیاریاں شروع کر دیں۔ انوری کے لیے جوڑا بنایا اور اپنی ''گیتا'' کے لیے طرح طرح کی چیزیں خریدیں۔ ونود نے جیب خرچ کے پیسے بچا بچا کر انوری کے لیے تحفہ خریدا اور گیتی کے لیے کتابیں، بال پن، پینٹنگ کا سامان اور جانے کیا کیا جمع کیا۔ ماسٹر بہاری لال تو اس سال میونسپلٹی کی ممبری کے لیے کھڑے ہو رہے تھے۔ ان کا جانا تو ہو نہیں سکتا تھا۔ جتندر نے کہا وہ پتا جی کے الکشن میں کام کرے گا۔ بس ونود اور رام پیاری ہی تیار ہوئے اور انوری کے بیاہ سے چار پانچ دن پہلے ہی وہاں کے لیے روانہ ہو گئے۔

آہاہا۔ ہا۔ کیا مزہ آیا ہے انوری آپا کے بیاہ میں۔ پھر وہی کھیل کود، ہنسی مذاق، دھما چوکڑی۔ اماں جی دن بھر اپنے ''ونود بیٹے'' کے لاڈ کرتیں، طرح طرح کی چیزیں پکا کر کھلاتیں۔ اور گیتی تو دم بھر کو ساتھ نہ چھوڑتی۔ دلھن بیگم تک یہ بھول کر کہ اب وہ بیاہی جانے والی ہیں ونود اور گیتی اور دوسری سہیلیوں کے ساتھ کھیل کود میں شریک رہتیں۔ انوری کی خالہ اور نانی جو بیاہ میں آئی ہوئی تھیں انھیں روکتیں، بُرا بھلا کہتیں، اماں جی کو طعنے دیتیں "اوئی کیسی لڑکی اٹھائی ہے۔ نہ حیا نہ شرم!" اماں جی ٹال دیتیں "اس میں برائی کیا ہے؟ اتنے دن بعد بھائی بہن ملے ہیں۔ خوش نہ ہو بھلا؟ ہنسیں بولیں نہیں! جب بیاہ کا دن آئے گا شرم بھی کر لے گی۔" مگر نانی اماں اور خالہ جان کے منہ پھولے ہی رہے۔ ونود ان سے بہت گھبراتا تھا۔ ان کو دیکھتے ہی گیتی کو اشارہ کرتا اور دونوں وہاں سے کھسک جاتے۔

"اے اصغری۔ میں کہوں ہوں۔ اتنا بڑا لڑکا گھر میں یوں اچھلتا پھرے ہے جیسے ننھا سا بچّہ ہو!" ایک دن ونود نے نانی کو کہتے سُنا اور یہ سن کر اس کی اماں جی خوب خفا ہوئیں "ماں تم میرے لڑکے کو ٹوکو نہیں۔ اس کی عمر ہی کیا ہے۔ خیر سے قد ذرا نکلتا ہوا ہے۔ چودہ برس کا بھی تو نہیں ابھی!

"مگر گیتی اور اس کا اتنا میل۔ اور پھر گھر میں سبھی تو سامنے آویں ہیں" نانی بگڑ کر بولیں تو اماں جی نے ان کے منہ پر ہاتھ رکھ دیا "ماں ونود میرا بیٹیا ہے۔ اس نے میرا دودھ پیا ہے۔ انوری اور گیتی کا وہ سگا بھائی ہے۔ اسے کچھ نہ کہنا" اور ان کی آواز بھرّا گئی اور ادھرے کمرے میں بیٹھے ونود کی آنکھوں میں آنسو بھر آئے۔ اب وہ سب کچھ سمجھنے لگا تھا۔ اس نے اماں جی کے ہاں جنم نہیں لیا۔ پھر بھی وہ اس کی ماں ہیں۔ گیتی اور انوری اس کی بہنیں ہیں۔ من ہی من میں اس نے اپنی منہ بولی ماں کو پرنام کیا اور سر ان کے چرنوں پر جھکا دیا۔

بیاہ کے دن گیتی اور ونود نے دولھا بھائی کو اتنا ستایا، اتنا چھیڑا اور بنایا کہ وہ بوکھلا اٹھے۔ مگر جب دلھن کی بدائی کا وقت آیا تو دونوں ان سے خفا ہو گئے جو ان کی پیاری آپا کو چھین کر لیے جا رہے تھے۔ اماں جی، ماتا جی، خالہ اماں، نانی سب نے رو رو کر آنکھیں سُجا لی تھیں۔ اور انوری آپا۔ توبہ ان کی ہچکیاں بندھی ہوتی تھیں۔ ان کو روتا دیکھ کر گیتی اور ونود بھی ضبط نہ کر سکے۔ آپا آدھر سدھاریں اور یہ دونوں روتے روتے بے کھائے پیے یوں ہی سو گئے۔

مگر جب اگلے دن انوری بی سرخ جھم جھماتے کپڑوں اور چھن چھن کرتے زیوروں میں لدی، شرمائی شرمائی واپس آئیں تو پھر وہی چہل پہل شروع ہو گئی اور اب دولھا بھائی بھی ان کے کھیل کود، ہنسی مذاق میں شریک ہونے لگے۔ واہ بھئی دولھا بھائی تو اچھے خاصے دوست بن گئے ونود اور گیتی کے۔ گیتی کی لمبی سی چوٹی پکڑ کر ایسا کھینچتے کہ وہ بل کھا کر رہ جاتی اور ونود انوری ہنستے

ہنستے دُہرے ہو جاتے۔

(۸)

انوری کے بیاہ کے بعد ماتاجی کے اصرار پر گیتی ان کے ساتھ ہی آگئی تھی۔

افوہ: اپنے گھر آکر اُسے کتنی خوشی ہوئی تھی۔ ایک ایک کمرے، کوٹھری میں جاتی، ایک ایک ستون اور درخت سے لپٹتی اور ایک ساتھ ہنستی اور روتی پرانی سہیلیوں، اسکول کے استادوں اور ساتھیوں اور پڑوسیوں سے جا جا کر ملتی اور ماتاجی کا کام کرتی۔ اب وہ خاصی بڑی اور سلیقہ کی ہوگئی تھی۔ ماتاجی کا تو بس نہ تھا کہ اپنی بیٹی کے لیے آسمان سے تارے توڑ کر لے آئیں۔ پتاجی بھی اس کا بہت لاڈ کرتے اور وہ پتاجی کے کام بے کہے کرڈالتی۔ پتاجی کہتے، دیکھو تو جتندر کی ماں' وہ بیوی سے کہتے، بیٹی کے آنے سے گھر کی رونق ہی بڑھ گئی ہے۔ بیٹی میں جو بات ہے وہ بہوؤں میں کہاں؟"

ماتاجی نے خوش ہوکر کہا: اور کیا۔ دیکھو میری کتنی خدمت کرتی ہے: تمھارا کتنا کام کرتی ہے۔ بھگوان کرے انور بھائی کی پھر یہیں کی بدلی ہو جائے۔ تو میری بیٹی میرے قریب ہی رہے گی:

پتاجی ہنس کر بولے: "کب تک پاس رکھو گی۔ اس کا بھی بہن جی جلدی سے بیاہ کر دیں گی:

گیتی جو بڑے شوق سے ان دونوں کی باتیں سُن رہی تھی ایک دم شرما کر بھاگ گئی۔

اُدھر سال بھر سے ونود کی دادی بھی اپنے بیٹے کے پاس آکر رہنے لگی تھیں۔ جب گیتی آئی تو انھوں نے رام پیاری سے پوچھا: "بہو یہ کون چھوکری ہے؟"

"گیتا ہے۔ میری دھرم کی بیٹی: ماتاجی نے جواب دیا۔

اس وقت تو وہ چپ ہوگئیں مگر دو دن بعد ہی سے انھوں نے اپنے

برتن بھانڈے الگ کر لیے۔ اپنا کھانا خود پکانے لگیں۔ کئی بار ونود اور جتندر کو جھڑکا: "دیکھو کسی لڑکا لڑکی نے میری رسوئی یا پوجا گھر میں پیر دھرا تو پیر توڑ دوں گی" ونود اور جتندر سمجھ گئے کہ اصل میں وہ گیتی کی وجہ سے یہ چھوت چھات کرتی ہیں۔ ونود تو لڑنے پر تل گیا مگر گیتی نے سمجھایا "بھیا بڑوں سے لڑتے نہیں۔ تم انھیں کہنے دو۔ ہمارا کیا بگڑتا ہے"

مگر دادی تو بہت خفا تھیں۔ دن بھر ماتا جی پر طعنے کستیں۔ ایک دن پتاجی سے اُلجھ گئیں۔ پہلے تو وہ ہنسی میں بات ٹالتے رہے: "ماں تم تو سو برس اُدھر کی باتیں کر رہی ہو"

مگر وہ پتاجی سے بحث کرنے لگیں: "تونے دھرم بھرشٹ کر دیا ہے"

پتاجی یہ چھوت چھات، پاکی ناپاکی، اپنا پرایا بالکل نہیں مانتے تھے۔ وہ بڑی دیر تک اپنی ماں کو سمجھاتے رہے: "ماں جی اب ہمارے دیس میں کوئی چھوٹا بڑا نہیں، کوئی پوتر یا اچھوت نہیں۔ یہ بھید بھاؤ اب نہیں چلے گا۔ اس دیس میں ہم سب بھائی بھائی ہیں۔ ایک بھائی ایشور کو مانتا ہے، دوسرا خدا کو، تیسرا گاڈ کہتا ہے تو اس سے ہماری ایکتا اور پریم میں بل نہیں پڑ سکتا۔ ماں ہم بھارت ماتا کے سپوت ہیں۔ ایک ماں کے بچے۔ ہمارے دیس پر کوئی مصیبت پڑے گی تو ہم سب کندھے سے کندھا جوڑ کر اس کی رکھشا کریں گے۔ اگر ہم میں ایکتا نہ ہوگی، پریم نہ ہوگا، ایک دوسرے پر بھروسا نہ ہوگا تو ہم اپنے دیس کی حفاظت کیسے کر سکیں گے۔ دنیا میں ہماری عزت کیسے رہے گی ماں"

ونود، گیتی اور جتندر آڑ میں کھڑے یہ سب سنتے رہے۔ مسکراتے رہے۔ پتاجی کی باتیں ان کے لیے کسی مہاتما کے اُپدیش سے کم نہ تھیں۔ مگر دادی بڑبڑاتیں اور ان کو بُرا بھلا کہتی رہیں:

"جانے تو کیا بکے ہے۔ میری سمجھ میں نہیں آتا" مگر بچوں کے بھولے معصوم چہرے ایک نئی خوشی سے چمک رہے تھے۔

(۹)

سردی کا زور کم ہو چلا تھا۔ رُت بدل رہی تھی۔ پیڑوں کے زرد بے جان پتے جھڑ گئے تھے اور ان میں ننھی ننھی ہری ہری کونپلیں پھوٹ رہی تھیں۔ پھولوں کے پودوں سے شرمیلی کلیاں جیسے ڈر ڈر کر سر نکال رہی تھیں۔ آڑو کے درختوں میں گلابی اور سفید شگوفے بڑے ہی پیارے لگتے تھے۔ نہر کا پانی اب اتنا ٹھنڈا نہ رہا تھا۔ اس میں ہاتھ پیر دھونے اور ایک دوسرے پر اچھالنے میں مزہ آنے لگا تھا۔ سرسوں ہر طرف پھولی ہوئی تھی۔ اس کے زرد زرد پھول عجب بہار دکھا رہے تھے۔

اور آج تو یہ سب اور بھی سُندر لگ رہا تھا۔ تھوڑے دن ہوئے انور علی کی بدلی پھر نوانگر کی ہوگئی تھی۔ بہاری لال اور وہ دونوں خوش تھے کہ پھر دونوں دوست ایک جگہ ہیں۔ اب فرصت کے وقت خوب تاش ہوا کریں گے۔ اضغری بیگم اور رام پیاری کی خوشی کا تو ٹھکانا ہی نہ تھا۔ پھر دونوں سکھیاں اکٹھی ہوگئیں اور ونود اور گیتی کی تو سمجھ ہی میں نہیں آتا تھا کہ اتنی بڑی خوشی کو کیسے سہاریں۔ اب پھر وہ دونوں ساتھ رہیں گے! پھر ماتا جی اور اماں جی دونوں کی محبت، پیار اور لاڈ کا اکٹھا لطف اٹھا سکیں گے۔ ان کی وہی مثل تھی میرے دونوں میٹھے۔

ہاں جتندر بچارا انوری کے نہ ہونے سے ذرا اداس تھا۔ وہ اتنا بڑا اور لمبا ہو گیا تھا کہ گیتی اور ونود کو بچّہ سمجھتا اور ان کے ساتھ کھیلنا اُسے اچھا نہ لگتا تھا۔ اور انوری آئی بھی سُسرال سے تو بس دس دن کے لیے۔ اس کے جانے کے بعد دو چار دن تو سب اُداس اُداس رہے مگر پھر وہی دن عید، رات شب برات، دن ہولی، رات دیوالی، وہی کھیل کود، چھیڑ چھاڑ، لڑائی جھگڑا دونوں میں ہونے لگا اور پڑھنے میں مقابلہ چلنے لگا۔ ویسے گیتی پڑھتی تو اب لڑکیوں کے اسکول میں تھی مگر تھے تو دونوں آٹھویں جماعت میں۔ مقابلہ تو اب بھی ہو سکتا تھا۔ بسنت کا تیوہار کل گزر چکا تھا اور آج سب لوگ

ماسٹر بہاری لال کے باغ میں پکنک منانے آئے ہوئے تھے۔

گیتی کی بسنتی اوڑھنی ہوا میں لہرا رہی تھی۔ ماتاجی کی بسنتی ریشمی ساڑی بڑی سُندر تھی اور اماں جی نے بھی آج بسنتی جوڑا پہنا تھا۔

دوپہر کا کھانا کھانے کے بعد بہاری لال اور انور علی نے ایک کونے میں دری بچھا کر تاش کی بازی جما دی۔ جب سے دونوں دوست بچھڑے تھے تاش کھیلنے کا مزہ ہی جاتا رہا تھا۔ رام پیاری اور صغری بیگم شہتوت کے پیڑ کے نیچے بیٹھی جانے کہاں کہاں کی باتیں کر رہی تھیں۔ گیتی اور ونود کا جی ان باتوں میں نہیں لگ رہا تھا۔ کیا مہنگا ہے اور کیا سستا ہے۔ کس کی ساڑی اچھی تھی کس کی بُری۔ کون عورت شیخی مارتی اور اتراتی ہے، اور کس کی بیٹی کا بیاہ ہونے والا ہے۔" ہنہ تو پھر ہمیں کیا!" گیتی نے سوچا اور چپکے سے بولی "ونود چلو نہر پر چلیں!" اور دونوں وہاں سے کھسک گئے۔ نہر کے دوسرے کنارے پر بڑے پیارے پھول کھلے ہوئے تھے۔ دونوں ننھے سے پُل پر سے ہو کر جو بہت پتلا تھا اور دور چکر کھا کر جاتا تھا۔ دوسری طرف پہنچ گئے۔ "ہائے اللہ بڑا ٹھنڈا پانی ہے!" گیتی نے بیٹھتے ہوئے کہا۔

"ٹھنڈا ہے؟؟ میں تو روز سویرے یہاں اشنان کرتا ہوں!" ونود نے شان سے کہا۔

"تمھارا کیا۔ تم تو ہو ہی مگرمچھ!" گیتی ہنسی۔

"اور تو تو جیسے جل پری ہے نا!" ونود نے کہا۔

"ہوں تو۔ ارے بھیّا سن تو۔ ایک جل پری کی کہانی۔ میں نے رسالے میں پڑھی ہے۔ سُناؤں؟"

"اچھا سُنا!" ونود نے کہا۔ بچپن میں وہ دونوں یہیں بیٹھ کر دیو اور پریوں کی کہانی ایک دوسرے کو سُنایا کرتے تھے۔ گیتی اُس پرانے پتھر پر بیٹھ گئی، ونود کنارے پر اوندھا لیٹ گیا اور کنکریاں اُٹھا اُٹھا کر پانی میں پھینکنے

لگا۔ گیتی کہانی کہتے کہتے رُک گئی: "جاؤ ہم نہیں سُناتے کہانی"

"کیوں؟"

"تم سنتے تو ہو نہیں۔ کنکریوں سے کھیل رہے ہو" گیتی نے خفا ہو کر کہا۔

"پاگل کہانی کانوں سے سُنی جاتی ہے۔ ہاتھوں سے نہیں" ونود نے کہا اور گیتی پھر کہانی سُنانے لگی۔ اتنے میں دور سے ایک کتّے کے زور زور سے بھونکنے کی آواز سُنائی دی۔ گیتی سہم گئی۔

"ونود۔ یہ کتا کہاں بھونک رہا ہے۔ یہاں نہیں"

"ارے تم اب تک کتّوں سے ڈرتی ہو؟ یہ ہمارے مالی کا نیا کتا ہے۔ مگر بڑا خوفناک اور بد مزاج ہے۔ کبھی ملے گا تجھے تو جھٹ ٹانگ لے گا" ونود نے ڈرایا۔

"ہائے اللہ۔ اور ہمارا شیرا کہاں گیا؟"

"مر گیا بچارا۔ پاگل ہو گیا تھا۔ مالی ہی کے کاٹ کھایا۔ پھر اُسے گولی مار دی گئی۔ بڑا پیارا تھا شیرا"

"ہائے مجھے پاگل کتّوں سے!"

"تو خود ان سے کیا کم ہے......" مگر یہ کہتے کہتے وہ رُک گیا۔ کتّے کے بھونکنے کی آواز بہت زور سے آرہی تھی۔ ونود نے کھڑے ہو کر دیکھا، کتا زنجیر تڑا کر جھونپڑی سے نکل آیا تھا اور باہر کھڑا بھونک رہا تھا۔ اور پھر وہ آہستہ آہستہ باغ کے اندر کی طرف چلا۔

"ارے.....رے۔ گیتی۔ اُدھر تو اماں جی بیٹھی ہیں" ونود نے گھبرا کر بھاگتے ہوئے کہا۔

"ارے تو تم مجھے اکیلا چھوڑ کر جا رہے ہو۔ میں بھی آرہی ہوں ونود۔ تم ڈرتے کیوں ہو۔ وہاں ابا جان اور پتا جی جو ہیں" گیتی پیچھے سے چلّا رہی تھی۔

"وہ تو کھیل میں لگے ہیں۔ اماں جی کو اس نے کبھی دیکھا نہیں —

کہیں کاٹ" ونود نے اور تیز بھاگنا شروع کر دیا۔

"ہائے بھیّا۔ پاگل تو نہیں یہ کتا" گیتی بدحواس اس کے پیچھے بھاگ رہی تھی۔

"کون جانے؟ بھاگ تو پاگلوں ہی کی طرح رہا ہے" ونود خود اس طرح بھاگ رہا تھا جیسے کسی اندرونی جوش میں پاگل ہوا جا رہا ہو۔ اس نے دیکھ لیا تھا کہ کتا سیدھا اُس درخت کی طرف جا رہا ہے جہاں اماں جی اور ماتا جی بیٹھی ہیں۔ اس نے چلّا کر آواز دی "ٹائیگر۔ ٹائیگر"

کتا ایک پل کو رکا۔ پھر دوڑنے لگا۔ اس سے بھی تیز دوڑ رہا تھا ونود۔ ور ایک دم جیسے اس کے ہاتھ پانو شل ہو گئے۔ ٹائیگر زور سے اُچھلا، اماں جی ڈر کر گر پڑیں۔ ٹائیگر پھر ان پر جھپٹا۔ مگر کئی گز لمبی چھلانگ لگا کر ونود اماں جی اور ٹائیگر کے بیچ میں آ چکا تھا۔ دونوں ہاتھ پھیلا کر اس نے اماں جی کی آڑ کر لی اور غصے میں آپے سے باہر ٹائیگر نے اس کی ٹانگ بھنبھوڑ ڈالی۔

ہانپتی کانپتی گیتی اب وہاں پہنچ چکی تھی۔ یوں کتوں سے اس کا دم نکلتا تھا۔ مگر ہائے اللہ۔ ونود کی ٹانگ ٹائیگر کے منہ میں" پاگلوں کی طرح اندھا دھند گیتی نے لاتوں اور مکّوں سے ٹائیگر کو مارنا شروع کیا اور ٹائیگر ونود کو چھوڑ کر گیتی کی طرف مڑا۔ اب گیتی کی کلائی اس کے دانتوں میں تھی۔

"ٹائیگر۔ ٹائیگر" بڑے زور سے پتا جی کی ڈانٹ سنائی دی۔ "پاگل ہو گیا ہے ٹائیگر" کتے نے گیتی کی کلائی چھوڑ دی اور ڈر کر سر جھکا کر کھڑا ہو گیا۔

"مالی تم نے اسے کیوں چھوڑا"

"مارو گولی اس نمک حرام کے" پتا جی غصے میں سر سے پیر تک کانپ رہے تھے۔

ونود پیڑ سے ٹیک لگائے بیٹھا تھا۔ گیتی اس کے کندھے سے لگی بیٹھی سسک رہی تھی۔ ونود کی ٹانگ اور گیتی کی کلائی سے خون کی دھار ایک ساتھ

باغ کی زمین کو سینچ رہی تھی۔

تھر تھر کانپتی اماں جی زمین سے اُٹھیں، روتی ہوئی ماتا جی آگے بڑھیں اور دونوں نے ایک ساتھ بچّوں کو کلیجے سے لگا لیا۔

"جتندر۔ بھاگو۔ ڈاکٹر کو بلا کر لاؤ" پتا جی نے سامنے سے آتے ہوئے جتندر سے کہا۔

انور علی آگے بڑھے اور ونود کے سر پر ہاتھ رکھ کر کانپتی آواز میں بولے۔

"ہمارا بہادر جوان بیٹا"

ماسٹر بہاری لال کی آنکھوں میں آنسو بھر آئے "شاباش ونود۔ شاباش گیتی۔ بہادر بچّے یوں ہی ماں کی رکھشا کرنے میں اپنی جان کی پروا نہیں کرتے"

"ایسے ہی جوان" ابّا جان نے فخر سے سر اٹھا کر کہا "وقت پڑنے پر یہ اپنی بھارت ماں کی حفاظت کے لیے اپنا خون پانی کی طرح بہا سکتے ہیں"

"بے شک ہمارے بچّے بہادر ہیں۔ وہ اپنی ماں کا بچاؤ بھی کر سکتے ہیں اور بھارت ماں کا بھی کریں گے" ماسٹر بہاری لال نے کہا۔

گیتی اور ونود کے چہروں پر ڈر یا تکلیف کی جگہ فخر، مسرت اور محبت کے بڑے پیارے رنگ نکھر آئے تھے۔

اماں جی اور ماتا جی دونوں بچوں کو پیار کر رہی تھیں اور محبت کے موتی ان کی آنکھوں سے ٹپک کر دونوں کے سروں پر نچھاور ہو رہے تھے اور دونوں بچّوں کے زخموں سے ٹپکتا ہوا خون ایک ساتھ زمین پر گر کر اور مل جل کر ایک ہو گیا تھا۔

* * *